Traduction et adaptation : Catherine Kalengula
Mise en page : Céline Trouvé

Édité par Hachette Livre – 58, rue Jean Bleuzen – 92178 Vanves Cedex
Imprimé par Industria Grafica Cayfosa en Espagne – Achevé d'imprimer : janvier 2018
ISBN : 978-2-01-702216-9 – Édition : 03 – Dépôt légal : novembre 2017
Loi n°49-956 du 16 juillet 1949 sur les publications destinées à la jeunesse.

Pour tout renseignement concernant nos parutions, nous contacter par téléphone au 01 43 92 38 88
ou par e-mail : disney@hachette-livre.fr

Pour l'éditeur, le principe est d'utiliser des papiers composés de fibres naturelles, renouvelables, recyclables et fabriquées à partir de bois issus de forêts qui adoptent un système d'aménagement durable. En outre, l'éditeur attend de ses fournisseurs de papier qu'ils s'inscrivent dans une démarche de certification environnementale reconnue.

Disney • PIXAR

COCO

hachette
JEUNESSE

Il y a bien longtemps, à Santa Cecilia, une petite fille vivait heureuse aux côtés de son papá musicien et de sa mamá, Imelda Rivera. Mais un beau jour, le papá est parti jouer à travers le monde, sans plus jamais revenir.

Par nécessité, la mamá a appris à fabriquer des chaussures. Elle a rayé son mari de sa vie, allant même jusqu'à déchirer son visage sur le portrait de famille.

Les affaires de Mamá Imelda ont prospéré, tout comme sa famille. Sa fille, Coco, a grandi. Elle a eu des petits-enfants, et des arrière-petits-enfants. L'un d'eux s'appelle Miguel, et il aime Mamá Coco de tout son cœur. Comme la vieille dame perd la mémoire, le garçon parle pour deux. Il peut tout lui confier, contrairement à sa grand-mère, Abuelita.

Abuelita dirige la maison d'une main de fer. Chez les Rivera, il y a une règle qu'il faut absolument respecter. Pas de musique ! Mais Miguel a un secret. Il adore chanter et jouer de la guitare. Il veut suivre la voie de son idole, le regretté Ernesto de la Cruz.

Seul son ami Dante, un petit chien des rues, est au courant.

BOTAS
ZAPATOS

La veille du *Día de los Muertos*, le Jour des Ancêtres, Miguel décide d'avouer la vérité à sa famille. Il souhaite participer au concours de talents qui a lieu ce jour-là. Mais Abuelita ne le laisse pas parler.

— Cette soirée est consacrée à la famille, déclare-t-elle.

Des œillets d'Inde dans les mains, Miguel la suit dans la salle de l'*ofrenda* – un autel dans la maison où trônent les portraits des Rivera défunts.

— C'est la seule nuit de l'année pendant laquelle nos ancêtres peuvent nous rendre visite, rappelle Abuelita. Ces photos permettent à leurs esprits de sortir du Monde des Ancêtres.

À la première occasion, Miguel monte se réfugier dans sa cachette, au grenier. Là, il joue de la guitare, et visionne des vieux films d'Ernesto de la Cruz.

En entendant son idole parler, le garçon prend une décision... Il va participer au concours !

Mais à sa sortie du grenier, il tombe nez à nez avec sa famille. Vite, il s'empresse de cacher sa guitare et Dante sous l'autel. Son père lui donne un tablier.

— Il est temps que tu travailles avec nous à l'atelier ! lance-t-il.

Après leur départ, Miguel s'aperçoit que Dante est en train de manger la nourriture de l'*ofrenda*. La table se met à trembler, et le portrait d'Imelda se brise sur le sol.

Miguel ramasse la photo, la déplie et découvre la silhouette sans visage d'un homme qui brandit fièrement… la guitare d'Ernesto !

— Papá ! s'exclame Mamá Coco.

Stupéfait, le garçon fonce voir sa famille.

— Le père de Mamá Coco était Ernesto de la Cruz ! annonce-t-il. Je vais être musicien !

Il se prépare à jouer un air quand Abuelita, furieuse, attrape sa guitare et la réduit en morceaux.

La photo à la main, Miguel s'enfuit, direction le concours de talents. Mais une fois sur place, il apprend qu'il ne pourra pas s'inscrire s'il ne dispose pas de son propre instrument.

Désespéré, il s'adresse alors à la statue d'Ernesto.

— Arrière-arrière-grand-père, qu'est-ce que je dois faire ? lui demande-t-il.

C'est alors qu'il a une idée...

Il décide de se rendre au cimetière, dans le mausolée d'Ernesto. La guitare du célèbre musicien est suspendue juste au-dessus de sa tombe. Après s'être introduit à l'intérieur, Miguel attrape l'instrument.

— J'ai besoin d'emprunter ça, murmure-t-il.

Tandis qu'il fait vibrer les cordes avec bonheur, les pétales d'œillets d'Inde répandus à ses pieds se mettent à briller.

Un bruit résonne soudain. C'est le gardien qui arrive ! Miguel veut se justifier, mais voilà que l'homme lui passe au travers.

Affolé, le garçon se rue à l'extérieur, et chute dans une tombe ouverte. Lorsqu'une gentille dame lui tend la main, Miguel se rend alors compte qu'il s'agit d'un squelette. Et elle n'est pas seule !

En fait, aucun être vivant ne peut le voir... hormis Dante.

Miguel croise ses ancêtres, Papá Julio, Tía Victoria, Tíos Óscar et Felipe, ainsi que Tía Rosita, dont les photos sont posées sur l'autel de l'*ofrenda*. Et ils sont tout aussi surpris que lui ! Après s'être concertés, ils décident d'emmener Miguel jusqu'au Monde des Ancêtres.

— Mamá Imelda saura comment arranger ça ! affirme Papá Julio.

Avec Dante, Miguel suit sa famille sur un pont fait de pétales d'œillets d'Inde qui sépare le Monde des Ancêtres du Monde des Vivants. Là, sous ses yeux émerveillés, s'étale une ville fabuleuse et brillant de mille feux.

Le Monde des Ancêtres paraît beaucoup plus animé qu'il ne l'imaginait. Outre les squelettes qui l'habitent, il y a aussi des créatures fantastiques, chargées de guider les âmes.

Alors qu'ils vont attendre à la gare, dans la file des arrivants, un squelette nommé Hector tente de rejoindre le Monde des Vivants déguisé en Frida Kahlo, une célèbre artiste.

— Pas de photo sur une *ofrenda*, pas d'autorisation de traverser le pont, crient les agents avant d'entraîner le fraudeur vers les bureaux du Département des Familles.

C'est justement là que se rendent les Rivera.

BIENVENIDOS
DEPARTURES
RE-ENTRY
RE-ENTRY

De son côté, Mamá Imelda est furieuse : non seulement Miguel a fait tomber sa photo de l'autel, l'empêchant de rejoindre le Monde des Vivants, mais voilà le garçon ensorcelé pour avoir volé la guitare d'un mort !

— Comment le renvoyer ? demande-t-elle à l'employé en charge du dossier.

— S'il reçoit la bénédiction d'un de ses ancêtres avant l'aube, il pourra partir. Sinon, il restera ici jusqu'à la fin des temps, répond-il.

Mamá Imelda se tourne vers le garçon et tend un pétale d'œillet d'Inde.

— Je te donne ma bénédiction, afin que tu rentres chez toi, commence-t-elle.

Le pétale se met à briller.

— À condition que tu remettes ma photo sur l'*ofrenda*... et que tu ne joues plus jamais de musique !

Incapable d'accepter, Miguel prétexte une envie d'aller aux toilettes pour déguerpir.

— Si je veux devenir musicien, je dois recevoir la bénédiction d'un musicien, explique-t-il à Dante. Il faut trouver mon arrière-arrière-grand-père.

Non loin de là, il entend Hector dire qu'il connaît Ernesto de la Cruz. Miguel et lui décident alors de s'aider mutuellement.

Si Hector conduit Miguel jusqu'à Ernesto, Miguel pourra rentrer chez lui et déposer sa photo sur l'*ofrenda*. Ainsi, Hector sera autorisé à traverser le pont. Mais avant, il maquille le garçon à la mode « squelette ».

— Donc, tu n'as pas d'autre famille ici ? demande-t-il.

— Non, ment Miguel.

Hector l'emmène dans la salle où Ernesto doit répéter pour son grand spectacle. Mais la star n'est pas là.

— Ernesto ne participe pas aux répétitions, explique Frida Kahlo. Il est bien trop occupé à organiser une fête au sommet de sa tour.

Découragé, Miguel entend soudain parler d'un tremplin musical. Le gagnant aura la chance de pouvoir jouer à la fête d'Ernesto !

Pendant ce temps, Pepita – le guide spirituel de Mamá Imelda – suit Miguel à la trace. Le grand jaguar ailé hume l'air, en grondant. Puis, respirant près du sol, elle révèle une trace de pas scintillante.

— C'est la botte d'un Rivera ! observe Papá Julio.

Soufflant à nouveau, Pepita se charge alors d'éclairer le reste des empreintes de Miguel...

Comme Miguel a besoin d'une guitare pour le tremplin musical, Hector le conduit chez son ami Chicharrón. Mais celui-ci est très faible. Alors, pour lui faire plaisir, Hector lui chante une chanson. L'instant d'après, Chicharrón se transforme en poussière.

— Il a été oublié, explique Hector à Miguel. Lorsque plus personne ne se souvient de vous, vous disparaissez de ce monde. On appelle ça la Seconde Mort.

À leur arrivée au tremplin musical, Miguel est paralysé par le trac. Hector lui conseille de pousser un *grito* – un cri – pour se calmer.

— OOOOOOOh HE-HE-HEY ! hurle-t-il pour lui faire une démonstration.

Le garçon veut l'imiter, mais son *grito* est presque inaudible. Une fois monté sur scène, il est comme tétanisé. Le public commence à s'impatienter...

Grâce aux encouragements d'Hector, Miguel réussit enfin à pousser un vrai *grito*, et à chanter. Les spectateurs sont totalement conquis ! Dante entraîne même Hector sur scène, et celui-ci se met à accompagner Miguel en dansant. À la fin, le duo récolte un tonnerre d'applaudissements.

Mais tout à coup, Miguel aperçoit sa famille qui discute avec des agents de sécurité.

Aussitôt après, la présentatrice du tremplin musical demande à tous d'être à l'affût d'un garçon vivant qui a fui sa famille. Hector n'en croit pas ses oreilles.

— Tu m'as dit qu'Ernesto de la Cruz était ton seul parent, rappelle-t-il. Tu aurais déjà pu rapporter ma photo dans le Monde des Vivants !

Il veut ramener le garçon à ses proches, mais Miguel lui lance sa photo avant de filer.

Juchée sur Pepita, Mamá Imelda se plante devant lui pour l'arrêter.

— Je vais te donner ma bénédiction et tu pourras rentrer à la maison ! lance-t-elle.

— Je ne veux pas de ta bénédiction ! rétorque Miguel.

Pepita l'attrape entre ses serres, avant de décoller, mais le garçon réussit à se libérer. Il fonce alors vers un escalier, avec Imelda à ses trousses.

Tandis que Miguel se faufile à travers la grille, Mamá Imelda reste bloquée de l'autre côté. Elle essaie de le convaincre d'accepter ses conditions. Mais le garçon refuse de renoncer à sa passion.

— Une famille devrait être là pour vous, reproche-t-il. Vous êtes censés me soutenir, mais vous ne le ferez jamais.

Tournant les talons, il se rue vers la tour d'Ernesto.

Miguel atteint finalement sa destination. Mais sans invitation à la fête, les agents de sécurité lui refusent l'accès ! Heureusement, il croise le groupe qui a remporté le tremplin musical – Los Chachalacos – et il leur demande de l'aide. Caché dans un gros instrument appelé soubassophone, Miguel réussit à entrer, ni vu, ni connu.

Là, il découvre des centaines d'invités en train de s'amuser autour d'une piscine, tandis que sur les murs, les films de la star passent en boucle.

Il tente de se frayer un chemin parmi la foule, mais il y a tellement d'invités, qu'il ne voit qu'une solution pour se faire entendre d'Ernesto : chanter. Alors qu'il joue, le silence s'abat sur la salle.

Mais en se rapprochant d'Ernesto, le voilà qui tombe dans la piscine !

Le célèbre musicien s'empresse de plonger à son secours. Puis, il se met à observer Miguel avec surprise. L'eau a effacé son maquillage de squelette !

— Tu es le garçon qui vient du Monde des Vivants, en déduit Ernesto.

Miguel lui annonce alors qu'il est son arrière-arrière-petit-fils...

Ernesto est fou de joie ! Il lui fait visiter l'endroit, en lui montrant tous les cadeaux qu'il a reçus de ses fans du Monde des Vivants.

— On ne peut pas renier sa destinée, explique-t-il. Et toi, mon arrière-arrière-petit-fils, tu es né pour être musicien.

Alors qu'Ernesto s'apprête à lui donner sa bénédiction, Hector surgit.

— Tu avais promis de rapporter ma photo, dit-il à Miguel, en tendant le cliché.

Mais Ernesto s'en empare.

— Tu es en train d'être oublié, constate-t-il en reconnaissant son vieil ami.

— Et à qui la faute ? réplique Hector.
Ce sont mes chansons que tu as prises.
Mes chansons qui t'ont rendu célèbre.

Il y a des années, après avoir quitté sa famille pour jouer de la musique avec Ernesto, Hector voulait rentrer chez lui. Son ami l'a donc invité à boire un verre, avant son départ. Hector se rappelle avoir ensuite eu mal au ventre.

— Tu m'as empoisonné, comprend-il enfin.

Ernesto appelle aussitôt la sécurité.

Les gardes emmènent Hector avec eux. Comme si de rien n'était, Ernesto se tourne vers Miguel.

— Où en étions-nous ? demande-t-il, en rangeant la photo d'Hector dans sa poche.

— Vous alliez me donner votre bénédiction, bafouille Miguel, tétanisé.

Son arrière-arrière-grand-père s'est-il vraiment débarrassé d'Hector pour lui voler ses chansons ?

Soudain, Ernesto hésite. S'il renvoie Miguel dans le Monde des Vivants, le garçon pourra raconter ce qui s'est passé. Alors, il demande à ses gardes de s'occuper de lui.

— Mais je suis de votre famille ! crie Miguel.

— Et Hector était mon meilleur ami, rétorque Ernesto.

Les agents de sécurité conduisent Miguel derrière la tour et le jette dans un énorme gouffre.

Une fois au fond, Miguel aperçoit Hector, qui tombe à genoux.

— Elle m'oublie, murmure-t-il.

— Qui ça ? interroge Miguel.

— Ma fille, répond Hector. Ma Coco...

Éberlué, Miguel sort la photo qu'il a prise sur l'*ofrenda*. Hector et lui comprennent alors qu'ils sont parents. Miguel est fier qu'Hector soit son arrière-arrière-grand-père.

Les deux se mettent à pousser des *gritos*, jusqu'à ce que Dante apparaisse, avec Pepita et Mamá Imelda. Dante savait depuis le début qu'Hector et Miguel étaient liés, et il essayait de les réunir.

— Tu es mon gardien spirituel ! comprend subitement son ami.

Juste après, de beaux motifs colorés apparaissent sur le corps du chien, ainsi que deux petites ailes.

Avec Dante volant à leurs côtés, Pepita transporte Miguel et ses arrière-arrière-grands-parents sur une place, où les attendent les autres Rivera. Hector est de plus en plus faible.

— Il a essayé de rentrer à la maison pour vous retrouver Coco et toi, raconte Miguel à Mamá Imelda, mais Ernesto de la Cruz l'a empoisonné !

Maintenant, il faut vite récupérer la photo volée par Ernesto !

Il y a foule au concert de la star. Sur scène, des danseurs habillés en Frida Kahlo sortent d'une fausse papaye géante. Personne ne remarque que parmi eux, se sont glissés les huit membres de la famille Rivera.

Ils s'éclipsent ensuite discrètement en coulisse, pour rechercher Ernesto. Menant la marche, Mamá Imelda est la première à le croiser.

Ernesto

Elle parvient à récupérer la photo d'Hector, mais elle se retrouve sur une plate-forme qui s'élève dans les airs ! Tandis que les spectateurs attendent leur idole, ils sont très surpris de découvrir une inconnue.

— Chante ! lui crie Miguel.

De la Cruz la rejoint alors pour un duo – mais surtout pour essayer de reprendre la photo !

Par chance, c'est Mamá Imelda qui remporte la bataille. Elle s'empresse de donner le cliché à Miguel et de sortir son pétale d'œillet d'Inde. Il est temps pour le garçon de rentrer à la maison. Mais à cet instant, Ernesto surgit. Il attrape Miguel et le pousse dans le vide, sous le regard impuissant d'Hector.

Ce qu'Ernesto ignore, c'est que les caméras l'ont filmé. Le public l'a entendu avouer qu'il avait empoisonné Hector et volé ses chansons. Heureusement, Dante, puis Pepita, volent au secours de Miguel. Mais la photo d'Hector lui glisse des mains.

Son devoir accompli, Pepita se charge ensuite d'Ernesto. Elle l'envoie au loin, comme un simple jouet.

Le soleil commence à se lever sur l'horizon.

— Nous sommes tous les deux à court de temps, murmure Hector.

— Non, non, se révolte Miguel. Coco ne peut pas t'oublier !

Hector et Imelda lui donnent leur bénédiction, sans aucune condition...

L'instant d'après, le garçon est de retour dans le cimetière de Santa Cecilia. Il se rue chez lui, avec la guitare d'Hector.

À son arrivée, il file voir Mamá Coco.

— J'ai vu ton papá, explique-t-il. Tu te rappelles de lui ?

Il prend la guitare et se met à jouer la chanson écrite par Hector, « Ne m'oublie pas ». Au fil des notes, les yeux de la vieille dame s'illuminent, tandis que ses souvenirs refont surface. Elle sort une photo d'Hector – la partie qui avait été déchirée sur le portrait de famille.

Un an plus tard, le cimetière est à nouveau rempli de gens venus déposer des fleurs pour le *Día de los Muertos*. En revanche, il n'y a pas beaucoup d'offrandes dans le mausolée d'Ernesto. Tout le monde sait ce qu'il a fait.

Traversant la ville, un groupe de touristes s'arrête devant l'atelier des Rivera.

— Voici la maison du grand auteur-compositeur, Hector Rivera, explique le guide.

Sa petite sœur Socorro dans les bras, Miguel lui parle de l'*ofrenda*.

— Ce ne sont pas juste de vieilles photos, précise-t-il. Ce sont les membres de notre famille, et ils comptent sur nous pour nous souvenir d'eux.

Abuelita lui sourit fièrement. Puis, elle place une photo de Mamá Coco sur l'autel, tout près de celle la montrant enfant avec Mamá Imelda et Hector.

Qui dit photo sur l'*ofrenda*, dit retour possible ! Dans le Monde des Ancêtres, Hector peut enfin traverser le pont, avec Imelda et sa chère Coco.

Ils rejoignent Miguel qui joue de la guitare, dans la cour de sa maison.

Même si les vivants ne peuvent pas voir les morts, tous les Rivera sont réunis autour de lui, au son de la musique.

DANS LA MÊME COLLECTION

Disney • CINÉMA
LES CHEFS-D'ŒUVRE

1 • Blanche-Neige et les Sept Nains
2 • Pinocchio
3 • Dumbo
4 • Bambi
5 • Cendrillon
6 • Peter Pan
7 • La Belle et le Clochard
8 • La Belle au Bois dormant
9 • 101 Dalmatiens
10 • Le Livre de la jungle
11 • Les Aristochats
12 • La Petite Sirène
13 • La Belle et la Bête
14 • Aladdin
15 • Le Roi Lion
16 • Alice au pays des merveilles

Disney • PIXAR CINÉMA

Cars
Le Monde de Nemo
Ratatouille
WALL•E
Là-haut
Monstres Academy
Toy Story
Toy Story 2
Toy Story 3
Cars 2
Rebelle
Vice Versa
Le Voyage d'Arlo
Le Monde de Dory
Cars 3

Disney • CINÉMA

La Fée Clochette
Clochette et la pierre de lune
Clochette et l'expédition féerique
Clochette et le secret des fées
Clochette et la fée pirate
Clochette et la créature légendaire
La Princesse et la Grenouille
Raiponce
Planes
Planes 2
Winnie l'Ourson
Les Mondes de Ralph
La Reine des Neiges
Les Nouveaux Héros
La Reine des Neiges, Une fête givrée
Zootopie
Vaiana